www.tredition.de

AF185973

Thomas Kühn

Ohne Schuld

Novelle

www.tredition.de

© 2015 Thomas Kühn

Verlag: tredition GmbH, Hamburg

ISBN
Paperback: 978-3-7323-3106-2
Hardcover: 978-3-7323-3107-9
e-Book: 978-3-7323-3108-6

Printed in Germany

1.

Wir gingen gemeinsam, auf gleicher Höhe, die Treppe hinunter. Es stellte sich, obwohl wir uns nicht kannten, ein Gefühl der Zugehörigkeit bei mir ein, das nicht mehr nur mein Gefühl zu sein schien, sondern etwas Manifestes, Wahrnehmbares. Ich hoffte darauf, dass einer von uns beiden zurückbleiben oder vorauseilen würde, um diese seltsame Halluzination zu brechen, aber nein: Jeder Schritt, den der eine ohne Rücksicht auf den anderen machte, war wie *ein* Schritt. Ich wurde nervös, konnte nur noch daran denken, ob sie auch so empfand, ob sie das wollte, ob uns vielleicht etwas verbände. Die Versuchung, sie sofort zu fragen: „Fühlst du nicht auch diese Verbundenheit? Wollen wir vielleicht einen Kaffee trinken gehen?"

trieb mir den Schweiß aus den Poren. Als wir den unteren Treppenabsatz erreichten, löste sich die Spannung. Ich war erleichtert und nahm meine Umgebung wieder wahr. Ich sah Menschen allein und in Gruppen, redend, schweigend, scherzend. Sie eilte mir voraus. Ich lief ihr hinterher. Verfolgte ich sie jetzt? War ich vielleicht doch nicht erleichtert, sondern begierig, dieses Gefühl wiederzubeleben? Durch die rückseitigen Scheiben des Bahnhofskiosks warf sie mir einen Blick zu. Wasserblaue Augen hinter einer modischen Brille, umspielt von blonden Strähnchen. Ich sah direkt ins Blaue. Sie machte eine Art Halse, als wollte sie den Zug auf dem anderen Gleis benutzen. Ich war nun enttäuscht. Aber sie umkreiste den Kiosk nur, wie es übrigens auch andere taten, in seltsamen elliptischen Schleifen. Plötzlich, als der Zug einfuhr, stand sie auf meiner Höhe, eine

Waggonlänge nur entfernt, stieg in den Waggon neben meinem und die Türen schlossen sich. Den Rest der Fahrt ertrug ich nur mit geschlossenen Augen. Ich hatte die Chance verpasst, aus einer zufälligen Begegnung den Anfang einer Geschichte zu machen. Dennoch wurde eine Geschichte daraus, aber eine ganz andere als ich erwartet hatte. Ich kannte die Regeln des Übergangs nicht.

2.

Ich war gewissermaßen ein inoffizieller Mieter, wurde dennoch von allen flüchtig, aber freundlich gegrüßt. Das war ja ohnehin hier ein ständiges Kommen und Gehen. Wer achtete da schon auf den anderen! Die füllige Hausmeisterin hatte einen großen, weißen Ara, der, sobald die Sonne den Innenhof streifte, seine Urwaldlaute an der Frischluft in alle Himmelsrichtungen krächzte, ein so fürchterlich unmusikalisches Tier... Ich wohnte in der Einraumwohnung einer Kollegin, im Hinterhof. Sie hatte mir die Wohnung aus eigennützigen Gründen überlassen und fiel aus allen Wolken, als sie vom Verbleib ihrer Wohnung erfuhr. Das musste ich ihr später sagen. Von dem Geld erzählte ich ihr natürlich nichts. Aus dem Verhalten der Hausmeisterin schloss ich, dass wir Mieter frei seien, hier unsere Marotten auszuleben. Und so lebte ich auch meine aus, hielt mir keinen Ara, dafür sibirische Huskys in einer viel zu kleinen Wohnung, für die ich zwar die Miete zahlte, natürlich an meine Kollegin, aber sonst keine vertraglichen Verpflichtungen eingegangen war. Im Winter besorgte ich mir von einem Kohlenhändler Briketts und Feuerholz, setzte mich in meinen Rattan-Stuhl vor den erhitzten Kachelofen und las stundenlang Dostojewski, trank und rauchte, während meine Hunde schnarchten oder plötzlich in Träumen mit zuckenden Läufen winselten und verhalten wufften. Erinnerungen an Streifzüge durch die verschneiten Brandenburgischen Wälder, an den Geruch von Reh und Fuchs, an die irren Jagden hinter Wildschweinen her! Einmal waren die beiden wieder verschwunden, ich stolperte brüllend durch den Wald, da hörte ich wildes Heulen und Bellen. Als ich näher kam, sah ich sie um einen Busch herum toben. Im überwucherten Unterholz versteckte sich ein kleines Wildschwein, kein Frischling mehr, aber wahrscheinlich aus dem Frühjahrswurf, es verhielt sich ganz still, seine kleinen Augen, meinte ich, starrten mich voller Angst oder Hoffnung an. Es waren Kinderaugen. Der Hunger oder die Neugier musste es von der Familie, vom Schlafplatz weggetrieben haben. Nun saß es in der Falle. Die sonst so friedlichen, ruhigen Hunde gebärdeten sich wie Wölfe, mussten ihre Vorfahren doch in Ost-Sibirien sommers immer für sich allein sorgen, wenn die Tschuktschen ihrer zum Schlittenziehen nicht bedurften. Im Winter kehrten sie freiwillig zu ihrem Stamm zurück. Ich befürchtete, dass die Bache auftauchen würde und herrschte meine Hunde an, die aber nicht nachließen, sondern mich aufforderten, das zu tun, wozu ihnen offenbar selbst der Mut fehlte. Aber ich schnappte sie mir nur, leinte sie an meinen Bauchgurt und zerrte sie eilig weiter. Sie jaulten auf, drehten sich um und schienen mein Verhalten nicht zu verstehen.

3.

Eines Tages, es war wieder April geworden, der Ara schreckte mich immer wieder aus meiner Lektüre der ‚Wahlverwandtschaften' auf, gerade wenn ich nicht damit rechnete, als die Haumeisterin in Begleitung eines sehr fein gekleideten Herrn die Treppe hinaufschnaufte. Es war ein sehr hellhöriges Haus, ich unterbrach meine Lektüre endgültig. Der Atem stockte mir. Jetzt sei die Sache mit dem Vertrag doch herausgekommen, dachte ich. Nun würde ich auch noch meine Wohnung verlieren. Ich hatte nicht aufgeräumt. Dann die Hunde, für die ich nicht einmal Steuern zahlte. Ich versuchte mir schnell eine Geschichte zurechtzulegen. Das seien gar nicht meine Hunde, würde ich erzählen. Die gehörten der Hauptmieterin. Ich sei hier ja ohnehin nur zu Gast. Würde Wohnung und Hunde hüten, solange sie im Ausland sei. Wo? In den USA, Stipendium, Studium, was weiß ich. Ja, aber der Untermietsvertrag, ich dürfe hier ja gar nicht ohne Vertrag wohnen. Wo sei ich denn polizeilich gemeldet? Tja, wo war ich eigentlich gemeldet? Und drei Monate dürfe man doch ohne Untermietvertrag? Oder wie war das nochmals? Aber dieser Zustand der Wohnung, wo seien die Möbel der Vor- oder Hauptmieterin, man könne doch sehen, dass das nicht die Einrichtung einer gepflegten jungen Frau mit hochfliegenden Plänen – USA! Stipendium! – sei, sondern die eines seltsamen, ärmlichen, etwas verwahrlosten Einzelgängers! Man würde mich vor die Tür setzen. Und Ulli? Obwohl ich ratlos war, wie es weitergehen sollte, wusste ich, dass es weitergehen musste. Da fiel mir der Papagei ein. Sei das überhaupt erlaubt, Papageien in der Wohnung? Dann noch ein so fürchterlich lautes Tier? Ständig werde ich gestört in meiner Lektüre, wo bleibe da die Rücksicht, das Recht auf Privatsphäre? Meine

Hunde dagegen – nie ein Mucks. Nur im Wald, aber leben wir denn hier im Wald?

4.

Sie blieben geräuschvoll stehen. Auf der Etage, auf der ich hauste. In der Wohnung gegenüber wohnte eine hübsche Studentin. Ein Hoffnungsschimmer! Diese Mieterin und ihre Wohnung waren doch viel einladender. Sie gehen doch bestimmt zu ihr, redete ich mir ein. Die füllige Hausmeisterin schnaubte jetzt sehr deutlich, unterhielt sich – sehr laut - vor meiner Tür mit dem Herren. Ich hörte dennoch nur Bruchstücke, so sehr war ich mit meiner Angst beschäftigt: „schlechter Zustand!" – „Verwahrlost!" - „Vollsanierung!" – Also doch ich! So schlimm? Dann klingelte es. Bei mir. Ich hatte es befürchtet! Was tun? Die Hunde schauten nur träge, aus ihren

Träumen erwacht, auf, schauten zu mir hin und als sie sahen, dass ich keine Vorbereitungen zum Aufbruch machte, rollten sie sich wieder mit einem Stöhnen synchron zusammen, vergruben ihre Schnauzen unter dem Schwanz und dösten weiter. Musste ich überhaupt öffnen? „Herr Lorenz, öffnen Sie doch bitte, ich weiß, dass sie zuhause sind! Hier ist ein Herr von der neuen Wohnungsverwaltung. Er macht nur eine Hausbegehung. Haben Sie den Brief nicht erhalten? Haben Sie nicht den Zettel im Hausflur gelesen? Es ist wichtig, der Herr will sich nur einen Eindruck von ihrer Wohnung verschaffen! Sie sind der letzte Mieter!". – Genau das hatte ich ja befürchtet! So deutlich musste sie das aber nun auch nicht sagen. Auch noch im Treppenhaus, damit es alle erfahren. Nun würde alles ans Licht kommen. Ich überlegte rasend schnell. Vielleicht war es aber doch nicht so schlimm, vielleicht würde nochmals alles gut, werden, nur Mut!" Da fiel, als ich ruhelos auf Socken die Wohnung durchstreifte, mein Blick auf die schier endlose Reihe leerer Flaschen - Sherry, Gin, Wodka, Whiskey – in der Küche! Ich hatte es nicht geschafft, aufzuhören. Doch es musste aufhören. Das wusste ich. Jetzt sah es nicht danach aus. Und die Berge von Mülltüten in der Ecke, wäre ich doch wenigstens zum Müll gegangen! „So öffnen Sie doch, Herr Lorenz!". Ich schloss die Tür zur Küche, da fiel mit einem Krachen von der Klinke der Innenseite der Tür eine Plastiktüte voller leerer Bierflaschen auf den Fließen-Boden der Küche. Auch der Pfand noch! Es hatte keinen Zweck, ich öffnete die Tür. „Ja?" - „Na, endlich! Warum hat das so lange gedauert?", herrschte mich die Hauswirtin an, immer noch nach Luft schnappend. - „Ich hatte Nachdienst, entschuldigen

Sie!" – „Da möchte ich mich entschuldigen! Mein Name ist Müller, Dr. Müller!", sagte er und reichte mir freundlich lächelnd seine freie Hand, in der anderen trug er eine pralle, lederne Aktenmappe mit vergoldeten Kuppen. „Es dauert nicht lange, nur eine obligatorische Begehung. Wie Sie bereits wissen, das Haus soll verkauft werden.", sagte er, während er durch den endlosen, kargen Flur zum einzigen Zimmer in dem hinteren Teil der Wohnung strebte. Bücher stapelten sich meterhoch an den Wänden, was war das für eine Mühe, in jedes Buch Namen, Adresse und Telefonnummer zu schreiben. Tuschfederzeichnungen und farbige Blätter aus Kunstkatalogen hingen, nur mit Reißzwecken befestigt, an der Tapete. Dr. Müller blieb vor einer Reproduktion des „Hl. Hieronymus" von Albrecht Dürer stehen – ein bärtiger Alter auf einer gemütlichen Eckbank an einem zierlichen Holztisch sitzend, in seine Übersetzung der Bibel vertieft. Zu seinen Füßen ein Löwe neben einem schlafenden Hund. Ein Schädel auf der Bank vor dem hohen Fenster, durch dessen Butzenscheiben mattes Licht in die Studierstube fiel. Damals wurde man noch heiliggesprochen, wenn man Bücher übersetzte. – „Aha!", sagte er nur und betrachtete meine dösenden Hunde. Dazwischen das eine oder andere schiefe Regal, ein wackliger, wurmstichiger Sekretär aus dem frühen 19. Jahrhundert, den ich auf einem Flohmarkt erstanden hatte, beladen mit Stapeln von Büchern und Papieren, ein abgewetztes, ausgezogenes Schlafsofa mitten im Raum. Vor dem Fenster hing eine an den Enden aufgetrennte Hängematte. „Tja", sagte Dr. Müller, „wie haben Sie sich entschieden? Alle Mieter sollten sich entweder für eine Umsetzwohnung gleicher Güte oder für eine

Abfindung in Höhe von 2000.- DM entscheiden, einen gültigen Mietvertrag vorausgesetzt!" - „Tja, ich…, ich weiß nicht recht." – „Aber ich bitte Sie, Herr Lorenz!", mischte sich die Hausmeisterin ein, die wieder zur Ruhe gekommen war, „2000.- DM, da wissen Sie doch, was Sie zu tun haben. *Hahah!* Ich meine ja nur!", sagte sie wichtig und schaute sich mit bedeutender Miene in dem Zimmer um. „Ich…ich…weiß, ich weiß, das Geld wäre schon nicht schlecht. Aber…", stotterte ich. „Gut, sehen Sie, Herr Lorenz, wir wollen nächste Woche schon mit der Sanierung beginnen, es hatte sich ohnehin alles sehr verzögert. Wenn es Schwierigkeiten mit dem Mietvertrag geben sollte, kein Problem. Ich sage Ihrem jetzigen Vermieter Bescheid, dann geht das schon in Ordnung. Hier, ich gebe Ihnen einen Scheck über 2000.- DM, Moment…", er suchte in seiner Mappe, fand das Scheckformular. „Wie heißen Sie mit Vornamen?" – „Robert.", sagte ich leise und zögernd. – „So, das hätten wir! Sie müssen bis nächste Woche Montag ausziehen. Vielen Dank!", grüßte er noch, schon im Fortgehen begriffen. „Aber…", stotterte ich, sah abwechselnd auf den Scheck und auf das gerötete Gesicht der Hausmeisterin. „Na sehen Sie, war doch nicht so schwer! Rufen Sie gleich bei Randonski an, klären die Sache mit dem Vertrag, packen und ab in den Wald mit Ihnen! *Haha*!", dröhnte sie aufgeräumt und zwinkerte mir dabei noch verschwörerisch zu, als hätten wir gemeinsam Herrn Dr. Müller hereingelegt. Das ganze dauerte kaum fünf Minuten. Ich war schweißnass, suchte meinen Tabak, drehte mir eine Zigarette und begann wahllos, den Müll zu entsorgen, nachdem ich mich mit einem Blick durchs Fenster versicherte, dass Herr Dr. Müller und die Hauswirtin gegangen waren. Ich hatte das Gefühl, als stürzte etwas in mein Leben und riss die Wunde der Vergangenheit auf wie den Vorhang zu meinem Zimmer. Erst jetzt, bei Tageslicht, sah ich die hässliche Unordnung, den Staub, den Müll, die Anwesenheit des Vergangenen, all das nicht Erledigte. Noch war es Zeit. Was geschehen war, konnte ich nicht rückgängig machen, aber ich konnte vielleicht dafür sorgen, dass es sich nicht wiederholte.

5.

Ich rief meinen Antiquar an, bei dem ich schon so viele herrliche Bücher erstanden hatte, und bat ihn, mir alle Bücher zu einem Spottpreis abzukaufen. Er willigte sofort ein und kam abends mit einem Kollegen zu mir. Ich hatte in der Zwischenzeit Kartons aus dem Keller geholt und bei dieser Gelegenheit auch alle Alkoholika in den Glas-Müll entsorgt. Dann packte ich die Bücher ein. Einige sortierte ich dann doch aus, von denen ich mich nicht trennen wollte. Ich rannte fieberhaft durch die Wohnung und packte alles völlig wahllos in Kisten, bis es nichts mehr zu packen gab. Die Hunde, durch die unvorhergesehene Unruhe in Angst versetzt, gruben ihre Schnauzen nur noch tiefer in ihre Schwänze, rollten sich noch kleiner zusammen, wollten von all dem offenbar nichts wissen. Meine Aufzeichnungen und Notizen verbrannte ich im Ofen. Die Bücher-Kisten zum Verkauf stapelte ich im Flur, den Rest im einzigen Zimmer. Ich wischte und putzte das WC und die Küche wie ein Wahnsinniger, bis es klingelte. Der Antiquar durchsah sich nur ein paar Kartons, besprach sich kurz mit seinem Kompagnon und gab mir einen Scheck über 1000.-DM. Mit dem Bruchteil ihres Wertes erkaufte ich mir einen noch geringeren

Bruchteil meiner Freiheit. Es war ein Anfang! Weg mit den Büchern, die mich davon abhielten, das Richtige zu tun, die mich daran hinderten, das Unglück zu erkennen, wenn es sich direkt vor meinen Augen ankündigte. Dann trugen wir die schweren Bücher-Kisten in den Transporter. Wahrscheinlich war das das Geschäft unseres Lebens. Durchschwitzt und erleichtert stand ich vor dem Neubau, in dem Ulli wohnte. Ich rauchte eine Selbstgedrehte und - eingebettet in den noch unfertigen Plan eines neuen Lebens - blickte traurig auf die letzten Wochen zurück.

6.

Ich saß zu Füßen des steinernen Dichters und las einen Krimi mit dem Titel ,*Ertränkt alle Hunde*', während meine Huskys in der Frühlingssonne dösten. Ein amerikanischer Polizist kehrt in seine irische Heimat zurück und gerät gleich bei seiner Ankunft in einen Terroranschlag der IRA, mit der ihn, wie er nach und nach erfährt, auch familiäre Bande verbinden. In der Ferne hörte ich wüstes Hundegebell, das nur von einem hysterischen „Aus! Aus!" überschrien wurde. Ich war gerade so gefesselt von meiner Lektüre, meine Hunde lagerten doch bestimmt noch im Staub zu Füßen des Dichters, dass ich mich nicht einmal vergewisserte, ob sie da auch tatsächlich noch ruhten. „Hey, kannst du nicht mal deine Hunde anleinen!", mahnte mich plötzlich eine weibliche Stimme, die etwas angestrengt Strenges an sich hatte. Ich blickte auf und sah erst sie, vielmehr ihre blonden, streng nach hinten, vermutlich zu einem Zopf, gebundenen Haare, eine alberne hellblaue Haarspange, die wohl ihre wasserblauen Augen, die mich durch eine modische Brille böse anstarrten, vor wilden Strähnen bewahren sollte. Sie sah aus wie eine Krankenschwester. Aber diese Augen kamen mir bekannt vor. Ein flüchtiger Blick auf ihre Figur genügte mir. Ich kannte sie von einer früheren Begegnung her. Doch woher? Sie gefiel mir nicht besonders, ich fand sie nicht einmal attraktiv, eher stieß mich etwas von ihr ab. Dennoch beschleunigte sich mein Puls, ich meinte der Vorsehung beim Planen zuzuschauen. Für den Beginn einer Liebesgeschichte schien es mir nicht nötig, verliebt zu sein, häufig genügte mir schon eine zufällige Koinzidenz und die Einsamkeit mit mir und meiner Vergangenheit, die ja keine rosige Zukunft versprach. Dann schaute ich in ein fernes Blau und sah die Welt überraschenderweise mit fremden Augen an als wären es meine eignen.

„Würdest du mal bitte deine Hunde zurückpfeifen! Das sind doch deine Hunde, oder?", wiederholte sie ihre Mahnung, nun etwas zorniger. „Die Huskys? Ja, natürlich.", sagte ich, etwas zu gelassen angesichts ihrer offenbar aufgeregten Verfassung. Ich pfiff durchdringend. Sofort ließen sie von einem weitaus größeren Hund ab, der aber nur zaghaft winselnd um sich herum schnappte. „Hierher! Sofort", herrschte ich meine Bande an, die langsam, mit wütenden Blicken zurück, auf mich zu getrabt kam. Ich leinte beide an, nachdem ich mein Buch auf den Sockel des Denkmals gelegt hatte. Die Blonde kniete vor ihrem Hund, beide waren auf Augenhöhe, und sie begutachtete sein Fell. Der Arme winselte mitleidheischend. „Er ist verletzt!", sagte sie empört zu mir hinüber. Ich hatte gerade eine horrende Tierarztrechnung bezahlt und war über diese Mitteilung nicht erfreut. Nachdem ich die Hunde an einer Bank festgebunden hatte, ging ich zu ihr und ihrem Baby. „Zeig mal!", sagte ich nur. Ich hockte mich neben sie. Tatsächlich, er blutete im Nacken, eine rote Spur war unter den schwarzen Locken sichtbar. Wir schauten uns an. Sie böse, ich forschend. „Kennen wir uns nicht?", fragte ich lächelnd. „Nein! Das bezahlst du mir!", sagte sie fordernd. „Naja!", wandte ich zaghaft ein. „Pass das nächste Mal besser auf!", herrschte sie mich an und stand abrupt auf und verließ den Schiller-Park. Meine Hunde kläfften dem Verlierer schadenfroh hinterher. Schön, du hast ja gar nicht nach meiner Adresse gefragt, dachte ich gerade und wollte mich schon freuen, als mir unsere erste Begegnung im U-Bahnhof wieder einfiel.

7.

Bis zum dem Zeitpunkt, als sich die U-Bahntüren hinter uns schlossen, war es nur mein Erleben. Hätte es mehr werden sollen, dann hätte ich Mut beweisen, aus der Konvention des Zufalls ausbrechen müssen. Aber ich wollte die Imagination nicht stören, also tat ich lieber nichts als das Falsche. Ich hielt die erste Begegnung auf dem Weg vom Nachdienst in meine heruntergekommene Hinterhofwohnung für einen merkwürdigen Zufall, bei der zweiten war ich mir schon nicht mehr ganz so sicher. Ich brauchte gar keinen Mut, ich brauchte nur zu warten, bis mir eine gepfefferte Tierarztrechnung ins Haus schneite. Drei Tage später stand sie tatsächlich mit der Rechnung vor meiner Tür und klingelte. „Codewort?", fragte ich nur. „Du bist schuld!". Ich öffnete trotzdem. „Dass du einen so weiten Weg von deinem hohen moralischen Standpunkt in meine Niederungen auf dich nimmst...?" - „Wir sind Nachbarn!", sagte sie verärgert, als könnte ich etwas dafür, und hielt mir mein Buch unter die

Nase: „Das behalte ich als Anzahlung!". Dann ging sie wieder, und führte demonstrativ den bandagierten Riesenhund zärtlich streichelnd langsam die Stufen hinab.

8.

Weitere drei Tage später – ich hatte die Rechnung zähneknirschend beglichen – stand sie wieder vor meiner Tür, diesmal ohne Hund. „Geht es ihm besser?", fragte ich und trat einen Schritt zurück. Sie zögerte. „Willst du nicht reinkommen?", forderte ich sie auf, die mit dem Buch in der Hand vor mir stand. „Ich habe in der Praxis angerufen...da, dein Buch! Pass das nächste Mal besser auf! Deine Hunde sind gefährlich, ich könnte dich anzeigen." – „Du könntest mit mir aber auch einen Kaffee trinken. Komm doch rein!" Da war er ja, der Übergang, dachte ich, während ich sie einladend anlächelte. Hätte ich doch das Buch genommen, mich bedankt und ihr einen schönen Tag gewünscht. Aber ich ließ den Dingen ihren Lauf. „Na gut, ich bleibe aber nicht lang, Josef wartet." – „Josef?", fragte ich. „Ja, so heißt mein Hund, was dagegen?" – Ich schloss hinter ihr die Tür. „Du haust ja so, wie ich noch nicht einmal im Exil leben würde!", sagte sie, sich in meiner Wohnung umschauend. Dabei hatte ich ausnahmsweise einmal aufgeräumt. Ich rechnete ja mit ihrem Besuch. „Exil?" – „Meine Großmutter war in Frankreich während der Nazi-Diktatur und lebte da ziemlich mondän." – „Das glaube ich nicht, die Verhältnisse waren ärmlich, die Flüchtlinge mussten normalerweise alles zurücklassen..." – „Hat sie mir auch erzählt! Im Übrigen, was weißt du schon! Sie hatte eben Freunde!". Dann entdeckte sie die Hunde, die friedlich zusammengerollt in ihren Körben lagen und schnarchten. „Schlafende Hunde soll man nicht wecken!", flüsterte sie mit Nachdruck, „ die sind ja ganz niedlich, wenn sie nicht gerade auf Raubzug sind!" - „Ja, stimmt." - „ Na ja, ich hatte mir so etwas schon gedacht!" - „Was?" - „Na, wie du lebst! Du bräuchtest jemanden, der sich um dich kümmert, wie es scheint! Du hast jedenfalls offenbar niemanden. Wie du lebst!" - „Mir geht es gut!" - „Das glaube ich nicht. *Ertränkt alle Hunde*, ich hab das Buch gelesen…" - „Du hast…?" - „Allein der Titel! Aber, du wolltest mich doch zum Kaffee einladen?" - „Ach so, ja, stimmt, magst du ihn türkisch? Ich trinke ihn immer türkisch.", sagte ich, durch ihr Auftreten verunsichert. Ich erzählte einfach drauflos: „Ich hatte mal das Glück, eine hochbetagte Dame zu kennen, die Witwe eines türkischen Konsuls, wir saßen in ihrer kleinen

Wohnung, überall lagen bunte Teppiche, es war eine Unmöglichkeit, bei ihr Staub zu saugen, an den Wänden hingen nur Kubisten oder Impressionisten, vermutlich alles Originale, auch der Eiffelturm von…na, ich komm nicht drauf…, ja, er heißt Robert mit Vornamen, genau wie ich, jedenfalls kochte sie uns immer einen echten Mokka, zeigte mir, wie es geht, dann wurde sie bettlägerig, nun kochte ich uns den Mokka, ich pflegte sie, setzte sie auf die Pfanne, während sie mir von Boris Becker vorschwärmte. Über ihrem Bett hing kein Kruzifix, sondern ein Poster vom jugendlichen Tennis-Helden. Das offenkundigste Zeichen ihres geistigen Niedergangs. Grausam, im Alter wieder kindisch zu werden!" – „Aha!", sagte sie naserümpfend. „Aha!" Dabei starrte sie mich durch die Gläser ihrer Brille mit ihren wasserblauen Augen durchdringend an. „Was ist?", fragte ich irritiert. „Ich bin überrascht!", sagte sie ehrlich. „Wovon?" – „Davon, dass du ja doch zu denken und zu fühlen scheinst. Diesen Eindruck hatte ich im Park nämlich nicht. Ziemlich abgedreht, meine ich!" – „Tatsächlich? Da bist du nicht die erste, die an meinem Denkvermögen zweifelt!", lachte ich bitter und ging in die Küche, um uns einen Mokka zu bereiten. Als ich zurückkam, saß sie auf meinem Schlafsofa und blätterte in einem Buch, ein Sonnenstreifen legte sich auf sie nieder. Im Hof krächzte der Ara. In diesem Moment schien mir meine Wohnung das erste Mal schön zu sein. Bewohnt. Belebt. Ich stellte das Tablett mit dem Kaffee, dem Zucker und den kleinen Mokkatassen auf den Fußboden vor dem Sofa. Sie hatte die Schuhe ausgezogen und ihre Beine angewinkelt, mit der linken Hand massierte sie die Zehen ihres rechten Fußes, in der anderen hielt sie Augustinus'

‚Bekenntnisse'. „Mh!", machte ich. „Du liest auch christliche Literatur, nicht nur Krimis?", fragte sie beiläufig. – „Ja. Der Unterschied ist gar nicht so groß!" – „Aha. Wer hat denn nun übrigens noch an deinem Denkvermögen gezweifelt?" – „Ach so. Genau. Dazu gibt es auch eine kleine Geschichte." Nachdem ich uns den Kaffee eingeschenkt und ihr eine Tasse gereicht hatte, setzte ich mich ihr zu Füßen auf den Boden, lehnte mich an das Sofa.

9.

„Vor zehn Jahren war ich Klosterbruder auf Zeit. In Ratzeburg gab es damals einen Orden – ORDO COINONIA -, der hatte seine Räumlichkeiten teils im Dom, teils in alten Fachwerkhäusern aus dem 18. Jahrhundert. Der Unterricht für uns Klosterschüler fand in einem solchen Haus statt. Es war eine unbeschreibliche Atmosphäre. Die

Bibliothek ging zur Gartenseite hinaus. Durch die von Efeu umwucherten Fenster und die Blumentöpfe auf den Fensterbrettern streifte schummriges Licht auf die Bücherwände. In der Mitte ein großer Tisch, an dem wir saßen, vier halberwachsene Klosterschüler von achtzehn oder zwanzig Jahren und er." – „Wer?" – „Richard, Kind einer Alkoholikerin, Mathematiker, wollte Prior werden." – „Aha!" – „Ich litt ziemlich, das kannst du mir glauben: vier Uhr morgens raus, im Winter war es in diesen Häusern sehr kalt. Erstmal den Ofen anschmeißen, Brühe oder Tee kochen. Dann durch den Schnee stapfen, zum Mediationsraum mit Kreuzgewölbe. Vorher schnell noch – auf dem kleinen mit verschneiten Rosenstöcken bestandenen Innenhof – eine heimliche Zigarette. Ein kleines Frühstück – monatelang nur vegetarische Kost, ich bin fast irregeworden -, dann verschiedenste Bauarbeiten an den neuerstandenen baufälligen Häusern. Tja, das war trotzdem alles recht lustig. Ich las den anderen Klosterschülern aus Heideggers „Sein und Zeit" vor. Wir kugelten uns lachend unter dem Tisch. Dann kam ein Ex-Bruder, Physiker, bärtig und dick, der erzählte mir, dass Richard ultra-orthodox sei und schon manchen in Verzweiflung und sogar einen in den Selbstmord getrieben habe. Davon bekam ich auch eine Kostprobe. Als die Fastenzeit kam, habe ich nach drei Tagen Hungern auf mehrere Wochen Gemüsekost den Fleischer gestürmt, mir ein Pfund Zungenwurst, eine Tüte Brötchen und ein Bier besorgt, mir eine ruhige Bank mit Blick auf den Küchensee gesucht und alles mit dem größten Genuss in mich hineineingefressen. Die Zigarette danach war unbeschreiblich! Leider bekam ich davon ziemliche Krämpfe und mir ging es ganz schön elend. Richard kam an mein Bett: „Der Schmerz ist das Symptom deiner Weigerung, die Wahrheit anzuerkennen!". Bald darauf schenkte mir ein großzügiger Kloster-Gast, der innere Einkehr suchte, fünfzig Mark für den Zug, ich packte meine Bücher und dampfte ab. Tja, das alles war das Nachspiel. Das Vorspiel ging so: Ich behauptete während des Unterrichts, dass im Universum keine Ordnung herrsche, sondern Chaos, weil alle Ordnung, die wir bewundern, ja lieben und brauchen, dem Zerfall und der Zerstörung durch andere Ordnungen ausgesetzt sei. Da sagte Richard, unser Lehrer, ich könne nicht denken. Zum Beweis legte er mir Augustinus' Lob des symmetrisch-harmonischen Blütenbaus vor." – „Sag mal, Robert. Das ist ja alles sehr interessant. Aber glaubst du eigentlich an Gott?", fragte sie verwundert und nippte an ihrem Mokka. – „Nein.

Wieso?" – „Warum bist dann ins Kloster gegangen?" – „Vermutlich hatte ich zu viel Dostojewski gelesen! Ich war Nihilist und hoffte, unter Verrückten würde das nicht weiter auffallen!" – „Hör auf zu spinnen!" – „Gut. Ich hatte die Schule, eine Erzieherausbildung, ich hatte alles abgebrochen. Mir wurde einfach höllisch schlecht, wenn ich über mein Leben nachdachte. Dass ich diese verfahrene Kiste mit mir rumschleppen sollte, leuchtete mir nicht ein. Ich wollte mich befreien." – „Hast du es jemals ernsthaft versucht?" – „Was?" – „Mit dem Glauben?" – „Oh ja. Aber es nützte nichts." – „Trotzdem bist du ins Kloster gegangen?" „Ja, aber nicht, weil ich an Gott glauben wollte, sondern weil ich das…ich suchte…nichts, es war einfach nur der Wunsch, endlich frei zu sein, frei zu denken, von zuhause weg…" – „Sehr romantisch! Da geht man in ein Kloster?" – „Warum nicht! Ich

hätte auch etwas anderes machen können...!" –
„Trinken, beispielsweise.", sagte sie und nippte an
ihrem Mokka. „Wie?" – „Nichts. Wie war das nun
mit dir und dem Mathematiker?" – „Genau. Also
die Harmonie in der Natur, du kennst doch
bestimmt den teleologischen Gottesbeweis? Die
Harmonie in der Natur beweise einen allwissenden
Weltenschöpfer, einen universellen Zweck ...Aber
ich dachte natürlich etwas anderes. Oder vielmehr
genau das gleiche, nur eben anders: Ich dachte
nämlich eher an den Rasenmäher des freundlichen
Gärtners, den Bulldozer des glücklichen
Häuslebauers, an die Ziege, die ja auch ihre
Ordnung erhalten will und muss und die Blume
frisst." – „Aber du hast nicht an einen möglichen
anderen Fall gedacht, beispielsweise nicht an
meinen Hund, der im Park spielen wollte, bevor
deine Bestien sich auf ihn stürzten!" – „Nein,

damals natürlich nicht. Und im Park habe ich ja gelesen. Aber ein gutes Beispiel!" – „Eben! Für deine Unachtsamkeit.", sagte sie schroff. – „Es ist doch nicht wirklich etwas passiert…". Ich dachte an die Begegnung in der U-Bahnstation und spürte einen kleinen stichelnden Widerspruch, der sich zu einem Stachel auswuchs, als ich sie hier bei mir sitzen sah. Es war durchaus etwas passiert. Und es würde noch mehr passieren. „Hätte aber! Was ist jetzt mit der blauen Blume?" – „Sagte ich, dass sie blau gewesen sei?" – „Nein, das nicht, aber das kommt mir doch sehr romantisch vor! Deine arme Blume!" – „Wieso? Die Blume ist ja nur ein Gleichnis, verstehst Du!", sagte ich erregt und nippte an meinem Mokka. „Nun reg dich nicht auf! Ich habe schon verstanden. Und? Willst du alle Blumen retten?" – „Es ist ein Gleichnis! Es ist nicht in ihrem Interesse. Es ist ihr Ziel, sich als Blume zu verwirklichen, ich meine ihr genetisches Programm, das für Form und Farbe und so weiter sorgt." – „Und? Sie hat auch Gene für ihren Tod!" – „Nicht für die Unfälle des Lebens. Rasenmäher, Bulldozer, Ziegen...Der Gottesbeweis kalkuliert einfach die Unfälle aus der Perspektive der Opfer nicht ein!" – „Ist ein fröhlicher Gärtner ein Unfall?" – „Der Gärtner hat seinen Zweck, damit rechtfertigt er sein Tun. Genauso sah es auch der Prior in spe. Es ist die Perspektive der Macht. Aus Sicht der Blume ist es aber nicht ihr Zweck, sondern eine Katastrophe, gefressen oder niedergemäht zu werden. Ihr Ziel ist ihr eigner Lebenszyklus. Zu dem gehört auch der Tod, ja." – „Unterschied?" – „Was? Zwischen Zweck und Ziel?" – „Ja, nicht zwischen gefressen oder niedergemäht werden!" – „Ach so. Ein Ziel wird bestimmt durch ein Streben, bewusst oder unbewusst; ein Zweck durch einen rationalen Zusammenhang, in dem zum Beispiel eine Handlung steht. Für einen Zweck ist alles andere nur Mittel. Dass ich diesen höheren Zweck bestreite, meinte der Mathematiker, beweise einfach nur meine Unfähigkeit, rational zu denken." – „Okay, und der Möchtegern-Prior behauptete, dass es das *Wozu* der Blume ist, zerstört zu werden, auch wenn es nicht ihr *Wohin* ist?" – „Nein, er behauptete, dass Ziel und Zweck keinen Gegensatz bilden *können*. Undenkbar! Reinste Harmonie! Wer das Undenkbare denkt, denkt eben nicht. Der Zweck des Ganzen – Gott - rechtfertige die Mittel im Kleinen. Wenn die Blume ein Streben nach Schönheit und Sein hat, ihr Schicksal aber das Gefressen-Werden oder ähnliches ist, dann sehe ich einen Widerspruch - den sah er nicht, vielmehr hielt er ihn für einen Irrtum - zwischen ihrer Sicht auf die Welt und der Welt, in der sie blüht und zerstört wird." – „Es herrscht eben nicht immer Harmonie zwischen Wille und Welt." – „Nicht immer? Es herrscht eine ziemliche Dissonanz!" – „Im Prinzip? Glaube ich nicht. Aber in vielen vermeidbaren Einzelfällen. Denke an deine Hunde! Sinnlose Zerstörung hat was mit Verantwortungslosigkeit zu tun, Robert!"- „Das glaubst du! Zerstörung ist immer sinnlos. Es mag sein, dass wir glauben oder hoffen, Unglücksfälle seien im Prinzip vermeidbar und nur durch menschliche Schuld verursacht. Das zeigt aber einfach nur, dass wir an eine ursprünglich harmonische Naturordnung glauben. Das halte ich für einen Irrtum. Wenn ein Unglück geschieht, ist nicht immer jemand schuld daran! Es ist einfach unvermeidbar!". Als ich das sagte, spürte ich ein Unbehagen. Denn saß sie nicht hier bei mir, weil ich – ob ich wollte oder nicht - an eine prästabilierte Harmonie glaubte? Nun hatte es den

Anschein, als würde ich an eine prästabilierte Disharmonie glauben! Ich war offenbar nicht schicksals-, sondern zufallsgläubig. Jeder Zufall enthielt für mich den Keim zu einer weiteren schlechten Geschichte. Sie lächelte. „Du bist ein schräger Typ! Hast du daran gedacht, dass die Blume keinen eignen Willen hat? Vielleicht würde sie ja in den höheren Zweck einwilligen, wenn sie denken, wollen und sprechen könnte! Vielleicht fände sie den Gärtner ganz in Ordnung und seinen Plan eines englischen Gartens sogar ansprechend?" – „Nein, das glaube ich nicht. Ich würde sie für verrückt erklären! Sicher, ich bin parteiisch und spreche für sie. Und ich meine, ihre Schönheit rechtfertigt keinen Zweck, der sie zerstört. Sie würde sich einfach irren, wenn sie in ihr Schicksal einwilligte. Ein eigener Wille, der keinem vermeintlich kosmischen Diktat gehorcht, ist

Bedingung für die Freiheit, nicht mitzuspielen, wenn einem mitgespielt wird.". Wir nippten an unserem Mokka und schauten den schnarchenden Hunden zu. Ich war zufrieden mit meiner Formulierung. Mein Argument schien mir bestechend zu sein. „Und das Gleichnis? Ich meine, womit vergleichst du das? Wogegen sollten wir unseren eigenen Willen behaupten?", fragte sie schon etwas schläfrig. – Hier zögerte ich. „Nach Ansicht des Mathematikers widersetze ich mich der Eingliederung in die kosmische Harmonie, weil ich eigensinnig in meiner Verweigerungspose verharre."- „Wogegen?" - „Aus wessen Sicht?" – „Aus deiner." - „Gegen die Absurdität des Leben. Gegen die Versuche, einen Sinn oder Zweck zu postulieren, wo einfach nur etwas schiefgeht. Im Gegensatz zu einer Blume haben wir ein Bewusstsein davon, wenn etwas geschieht, was nicht geschehen sollte! Wir wollen es nicht wahrhaben und begeben uns auf Fehlersuche, in der Hoffnung, das nächste Mal schlauer zu sein. Denkste! Es wäre schön, darüber hinwegzukommen, dass es trotzdem immer wieder geschieht. Dafür müsste man aber an eine sozusagen göttliche Gerechtigkeit oder ähnliches glauben. Das will ich nicht, dafür gibt es eben keine Anhaltspunkte. Im Gegenteil. Naturkatastrophen beweisen gerade dann die Zwecklosigkeit der Natur, wenn ihre schönsten Ordnungen zerstört werden. Und da gibt es nun mal keinen Verantwortlichen! Und wer in jedem Unglück eine höhere Absicht zu erkennen meint, der deutet sich die Welt so um, dass sie zu seinem Glauben passt. Ich wirke verantwortungslos auf dich, weil ich den Kinderglauben aufgegeben habe, dass das Unglück vermeidbar ist. Du hast doch auch Pläne,

Bedürfnisse und Wünsche. Angenommen, sie würden durch das Handeln eines anderen oder durch einen dummen Zufall oder Unfall immer wieder durchkreuzt werden."– „Angenommen! Was nun?" – „Gibt es hier etwa eine *höhere Ordnung*, die die Zerstörung deiner Hoffnungen rechtfertigt?", fragte ich sie. „Ich *hoffe* – nicht. Aber…" - „Du lebst also auch lieber in einem Universum, in dem das Unglück einfach Unglück ist und nicht die Offenbarung eines höheren – Glücks?" – „Nein, warte, das geht mir jetzt zu schnell!" – „Lebst du nicht lieber in einem sinnlosen und zweckfreien Kosmos als in einem, in dem alle Übel gerechtfertigt sind?" – „Nein, ich liebe das Leben. - Das Leben ist nicht deshalb sinnlos, weil das Leiden nicht gerechtfertigt werden kann. Auch wenn man permanent leidet, ist das Leben nicht absurd!", sagte sie traurig. „Mh. Du glaubst also an eine metaphysische Ordnung!" – „Ich weiß nicht, woran ich glaube. Aber ich würde mich an die Fersen des Schuldigen heften und ihn zur Rechenschaft ziehen. Ich würde potentiellen Kandidaten aus dem Weg gehen! Wenn es keinen Schuldigen gibt, würde ich dennoch zu leben versuchen, auch wenn mir davon schlecht würde…Ich muss ja mein Leben selbst leben können. Auch wenn es reiner Schmerz wäre, ich muss es bejahen! Woraus schöpfst du denn deine Weigerung, im Leben einen Sinn zu sehen! Du musst ja an ihn mal geglaubt haben!". Sie sagte das so spontan und in so großer Trauer, dass ich etwas überrascht war. Dabei blickte sie mich vorwurfsvoll an. Aber ich sah, ich hörte nicht genau hin, ich hörte nur meinen eignen Gedanken zu. „Ich liebe das Leben! Ich kann es halt nur nicht denken!", versuchte ich einen Witz zu machen. Ulli aber schwieg traurig. Dennoch fragte ich sie nicht nach dem Grund ihrer Traurigkeit, sondern setzte meinen Gedankengang unbeirrt fort. „Daher kann ich keine rationale Harmonie erkennen, wo keine ist. Ist das Dummheit? Ich kann über das Leben nur aus der Innensicht nachdenken, nicht nur aus meiner, sondern aus einer allgemeinen Perspektivität." – „Aus der Froschperspektive?" – „Na ja. Das soll kein Kompliment sein, was? Einerseits, also meinetwegen - Froschperspektive. Andererseits versuche ich, wie ein amerikanischer Philosoph das nennt, die Sache mit einem Blick von Nirgendwo aus zu betrachten. Ich glaube, beides gelingt mir nicht. Vielleicht hatte der Prior in spe ja Recht. Ich frage mich, wie es sich anfühlt, überhaupt eine Innensicht zu haben. Und ich versuche, die ganze Sache ohne jede Teilnahme zu betrachten" – „Hast du denn keine?" – „Was?" –

„Innensicht!" – „Doch, natürlich. Aber ich will aus dieser Innensicht raus! Ich bekomme Platzangst, wenn ich daran denke, immer nur in meine oder irgendeine andere enge, kleine Weltsicht eingesperrt zu sein!" – „Das geht doch jedem so! Keiner kann aus seiner Ecke heraus! Jeder *muss sein* Leben tragen. Keiner kann es abschütteln!" – „Es ist, als wäre man eingesperrt!" – „Du denkst zu viel!". Sie lächelte ein verklärtes Lächeln, das eine merkwürdige, ja geradezu unheimliche Nähe zum Schmerz aufwies. – „Aha?" - „Jedenfalls denkst du, versuchst es zumindest – du haderst mit deinem Frosch-Schicksal! Halte mich nicht für herzlos, aber ich denke gerade auch, nämlich an meinen Hund." – „Ich…"- „Na, lass mal jetzt. Es ist schon spät. Du weißt doch, Josef!". Sie stellte ihre Mokkatasse auf das Tablett, wobei sie sich tief zu mir herabbeugen musste. Ich ertastete unwillkürlich mit meinen

Augen ihren Ausschnitt. Der Anblick ihres Brustansatzes versetzte mich in Erregung. Immerhin hatte sie schon von sich aus ihre Schuhe ausgezogen. Wir schauten uns in die Augen, genau wie damals am Kiosk. „Du hast recht", sagte sie plötzlich, „irgendwoher kennen wir uns!". Dann zog sie die Schuhe an, stand auf und ging nach vorn. „Danke für den Mokka!", sagte sie. Als sie an der Küche vorbeikam, warf sie einen Blick hinein und entdeckte auf dem Fensterbrett einige Alkoholika. „Du trinkst?", fragte sie heftig erschrocken. „In letzter Zeit, leider.", sagte ich entschuldigend. So ein Mist, dachte ich, war ich schon so blind, dass mir die Flaschen nicht mehr auffielen?

10.

Sie ging ohne ein weiteres Wort. In der folgenden Woche sahen wir uns anfänglich kaum, vielmehr, immer wenn wir uns mit den Hunden begegneten, also täglich, machte sie einen Bogen, wechselte die Straßenseite, versuchte mich zu ignorieren. Das gelang ihr leichter als ihrem Hund, der immer panisch wurde, wenn er uns sah; das Ergebnis war aber dasselbe. Meine Huskys gerieten regelmäßig in Aufruhr, sie gebärdeten sich wie Verrückte. So ging auch ich ihr aus dem Weg. Am Ende der Woche reichte es mir. Was sagte sie noch mal, dass wir Nachbarn seien? Ich nahm an, sie würde im Nebenhaus wohnen, da kam aber nur eines in Frage, das andere war nämlich das alte OSRAM-Fabrikgebäude, in dem jetzt allerlei Geschäfte und Praxen untergebracht waren. Ich ließ die Hunde zuhause und versuchte Ulli zu finden. Ich überlegte, welcher Name zu ihr passen könnte. Ich probierte zuerst Schulz aus, einer von drei oder vier deutsch klingenden Nachnamen auf dem Klingeltableau. Ulli Schulz, das könnte passen. „Wer ist da?", fragte eine ziemlich zittrige Seniorenstimme über die Sprechanlage. „Wohnt hier eine junge Frau namens Ulrike, sie hat einen großen schwarzen Hund?", fragte ich laut. „Was? Ich kenne niemanden diesen Namens, Sie unverschämter Kerl." *Krck* knackte es in der Höranlage. Dann klingelte ich bei Zehring. Auch hier Fehlanzeige. Von Elsterburg. Was für ein Name! Aber auch hier hatte ich keinen Erfolg. Dann versuchte ich es zur Abwechslung bei Kolkowski. Der Türsummer ging. Kolkowski wohnte in der dritten Etage des Neubaus. Das musste sie sein. Ich sprang mit elastischen Schritten die Treppen hoch, fest entschlossen, ihr die Sache mit dem Trinken zu erklären. Über mir hörte ich Schlüssel im Schloss drehen, jemand öffnete die Tür, eine Männerstimme fragte ins Treppenhaus hinunter: „Wer ist das?" – Mist, dachte ich. „Wohnt hier eine junge Frau mit Hund im Haus? – „Wer will das wissen?" – „Mein Hund hat ihren gebissen, ich wollte…" – „Sind Sie der mit den Huskys?" – „Äh, ja?" - „Schämen sollten Sie sich, die armen Tiere, die gehören doch nach Russland, nach Sibirien, nicht hier in die Stadt, es ist doch auch viel zu eng in einer Wohnung. Verstehen Sie überhaupt etwas von Hundehaltung? Es ist ja kein Wunder, wenn so große Tiere dann aggressiv werden und friedlichere Artgenossen beißen!" – „Hat sie das so gesagt?" – „Das ist meine persönliche Meinung! Entschuldigen Sie sich wenigstens bei ihr. Klingeln Sie bei von Elsterburg." Tür zu. Das war ja überaus kitschig. Was für ein Absturz für einen geadelten

Vogel! Ich malte mir aus, an der Schwelle zu einem Märchen zu stehen.

11.

Eine adlige Krankenschwester, die vielleicht Medizin studieren will, verliebt sich in einen verunglückten jungen Mann, der mit fünftausend Büchern und zwei Hunden in einer kaum möblierten, heruntergekommenen Hinterhofwohnung ohne Warmwasser, Heizung und ohne Dusche lebt. Dieser junge Mann arbeitet als Nachwächter in einem Behindertenheim, da hatte er sogar nochmal Glück gehabt, denn ohne Schulabschluss und ohne Ausbildung ist es nicht leicht, Arbeit zu finden, er ernährt sich aus dem Bioladen und dem Antiquariat daneben. Er steckt sein ganzes Geld in Bücher und Tierarztrechnungen. Nicht genug damit, er stottert auch noch krude Gedanken vor sich hin, verhaspelt sich in Widersprüche und versucht ziemlich vergeblich, trotzdem noch gute Miene zum schlechten Spiel zu machen. Eine gute Partie? Offenkundig eine miserable! Auf dem ersten Blick. Auf dem zweiten ist er ein verwunschener Prinz, ein Paradiesvogel im Hinterhof. Diese junge Frau, die sehr einsam ist, weiß zugleich sehr genau, was sie will – vor allem will sie ein besseres Leben! Sie trägt außerdem irgendein schreckliches Geheimnis mit sich herum und träumt von einem glücklichen, harmonischen Familienleben; sie sucht sich den passenden Mann zu ihrem Traum. Zunächst glaubt sie, ihn in diesem sympathischen Kauz gefunden zu haben. Dann entdeckt sie, dass er ein heimlicher Säufer ist und ihre ganzen Träume stürzen in sich zusammen. Er verliebt sich dann natürlich erst recht in sie. Er erkennt, was er an ihr hat, bessert sich und alles wird in einem gloriosen Happy End ausklingen! Was wird er tun, nachdem sie seine Sauferei entdeckt hat, damit es zum erwünschten Finale kommt? Er wird ihr beweisen müssen, dass er in Wahrheit ein edler, kühner Held ist, den nur die Unbill des Schicksals auf Abwege verführt haben.

12.

Während ich immer noch – eine gefühlte Ewigkeit lang - vor ihrer Tür stand – von Elsterburg! Ha, das konnte ja nur ein Scherz sein! – und überlegte, wie ich den Beweis führen könnte, stand sie plötzlich vor mir. *„DU?"*, stieß sie hervor. „Lass uns an die Ostsee fahren!", entfuhr es mir ohne Absicht. – „Spinnst du? Ich muss ins Krankenhaus!" – „Ist was mit Josef?" – „Nein, ich habe Dienst. Ich möchte dich nicht mehr sehen!", sagte sie entschlossen und wischte mich mit einer Handbewegung beiseite. „Ich dachte nur, dann könntest du sehen, dass ich kein Alkoholiker, sondern…, sondern einfach nur allein bin!". Sie huschte schon auf leisen Sohlen das kühle Treppenhaus hinunter. „Ich glaube dir kein Wort! Du bist ein Lügner! Lass mich in Ruhe!", echote es noch hinter ihr her. Ich schaute von einem der Fenster des Treppenhauses auf die Straße, als sie gerade herausgelaufen kam, die Fahrbahn mit mechanischen Kopfbewegungen überblickte und in ihren himmelblauen Nissan stieg und gleich startete. Ich, ein Lügner? Wann hatte ich gelogen? Ich wusste es nicht, hielt aber alles für möglich. Ich musste ihr beweisen, dass ich kein Lügner war, sondern der ehrlichste Mensch. Ich rechnete blitzschnell, erschloss das Ende ihres Spätdienstes und, da ich selbst einen freien Tag hatte, eilte ich, nachdem ich meine Hunde angeleint, sie kurz durch den Park gehetzt und ihnen einen Berg Dosenfutter serviert hatte, zum nächstgelegen Krankenhaus.

13.

Ich postierte mich auf einer Bank nah dem Eingang zur Notaufnahme und klappte mein Buch auf, nachdem ich den Krankenhausparkplatz nach ihrem blauen Nissan abgesucht hatte. Zwischendurch besorgte ich mir einen Cappuccino aus dem Automaten im Wartebereich, rauchte, während ich Monks Wittgenstein-Biografie las, ich las auch weiter, als es zu nieseln anfing. Ich konnte mich nicht wirklich konzentrieren. Ich starrte durch die feinen Wirbel aus Wasserstaub hinauf in ein bodenloses Grau und spürte, wie ich langsam in die Höhe stieg. Die letzte Begegnung mit Ulli hatte eine Frage in mir angestoßen, die mir erst durch Monks

Biografie klar wurde. *Wann bemerken wir, dass wir lügen?* Per definitionem eigentlich immer, da es sonst keine Lüge wäre. Etwas Falsches zu sagen, ist ja keine Lüge, wenn man es nicht richtig weiß oder wenn es Teil einer Abmachung ist. Dichter sind keine Lügner, Schauspieler nicht. Eine Lüge ist keine Lüge, wenn man sie für wahr hält, wenn man sie sich selbst glaubt. Eine Lüge ist nur dann eine Lüge, wenn man vorsätzlich und in der Absicht zu täuschen die Unwahrheit sagt, man also die Wahrheit kennt, der andere sie aber nicht kennen soll. Aber so erscheint es nur auf dem ersten Blick. Kann man eine Wahrheit verschleiern wollen, die man nicht kennt? Der wichtige Begriff *Lebenslüge* würde hier herausfallen. Wer ein falsches Leben lebt, nicht seins, sondern das eines anderen oder ein unbestimmtes, lügt der auch, selbst wenn er gar nicht weiß, dass er eine andere Wahl hätte, nämlich seine? Wenn man unsicher ist, was man weiß, was man will, was Ich und Du und Wir und Welt zu bedeuten haben, wenn man dennoch gezwungen ist, irgendjemand Bestimmtes zu sein, ist das dann auch eine Lüge? Wenn ich auf eine Weise handle, die nicht meinen ursprünglichen Impulsen entspringt, sondern ihre Quelle irgendwo da draußen in der Welt hat, lüge ich dann? Muss ich in jedem Moment wahrhaftig und ich selbst sein, um nicht zu lügen? Kann und soll ich jedem meine Wahrheit um die Ohren hauen? Was aber ist meine Wahrheit? Die Wahrheit über mich? Kenne ich sie überhaupt? Gibt es die überhaupt? Gibt es mich überhaupt? Was könnte Ulli gemeint haben? Ich verstand es nicht! Hielt sie mich etwa für einen Heuchler? Natürlich kümmerte mich die blaue Blume nicht wirklich. Wieviel Schaden hatte ich nicht schon durch meine Ignoranz angerichtet!

Doch vorläufig nur in meinem eignen Leben. Vielleicht hielt sie mir vor, dass ich ohne Glauben ins Kloster gegangen war, dass ich den sensiblen Denker spielte, obwohl ich nur ein egozentrischer Blender wäre? Konnte etwa der Anblick der paar Flaschen wirklich ihren ganzen Eindruck von mir zerstören? Wieso? Mied sie mich deswegen? Nannte sie mich deswegen einen Lügner? Mein Leben ereignete sich in diesem Moment wie ein Autounfall. Ich war hinterm Steuer betrunken eingeschlafen und wurde von der Schockwelle des Aufpralls geweckt und durfte noch bei vollem Bewusstsein erleben, wie ich durch die Frontscheibe gegen eine Hausmauer flog. Ich konnte da noch nicht erkennen, dass *sie* hinter dem Steuer saß und ich neben ihr eingenickt war, um meinen Rausch auszuschlafen. Mir wurde schlecht, als hätte ich wieder einmal zu viel getrunken. Mir wurde klar, dass ich meinem dauernden Schwindelgefühl nur eine passende Umgebung geben musste, um es ertragen zu können.

14.

Als sie nach zehn das Krankenhaus verließ, erkannte ich sie nicht sofort, obwohl der Eingang zur Erstaufnahme grell ausgeleuchtet war und gerade mal kein Rettungswagen hektisch ausgeladen wurde. Ich war mittlerweile durchnässt, die Seiten meines Buches wellten sich, ich fror. Da erblickte ich eine weibliche Gestalt, die zielstrebig zum spärlich beleuchteten Parkplatz eilte und rief laut ihren Namen. Die Gestalt drehte sich um, schien mich wahrzunehmen, und setzte ihren Gang zum Auto beschleunigt fort. „Halt", schrie ich und rannte hinter hier her. Wir waren fast gleichzeitig bei ihrem blauen Nissan. „Ich weiß, dass dich Alkoholiker abstoßen, aber ich bin keiner!", prustete ich gleich los. „Das sagen sie alle! Im Übrigen stoßen sie mich gar nicht ab." - „Ich will, dass du mir glaubst! Ich trinke erst seit ein paar Wochen, seitdem es so kalt und einsam bei mir geworden ist. Ich kann es dir beweisen, dass ich ohne leben kann – fahre mit mir an die Ostsee!" – Sie blieb neben ihrem Wagen stehen und schaute mich schweigend an. Ich fand keinen Halt in ihrem Schweigen. „Ich bezahle den Trip auch, danach richte über mich!" - „Was beweist das schon! Ich kenne all diese Tricks und Ausflüchte. Mir machst du nichts vor. Allein dein theatralisches Auftreten widerlegt dich. Mir ist es egal, ob du trinkst, aber lass mich damit in Ruhe. Ich habe genug davon!" - „Ich bin kein Lügner! Herrgott nochmal, gib mir doch eine Chance, du musst mich ja nicht gleich heiraten!" - „Vielleicht will ich aber heiraten,

Kinder, Familie, Haus, verstehst du, vielleicht habe ich keine Zeit für gestrauchelte Typen wie dich, die keinen Fuß auf die Erde kriegen! Nun verfolg mich nicht länger, ich muss zu Josef!" – „Ich bin durchnässt, nimmst du mich wenigstens mit? Wir sind ja immerhin Nachbarn. Dann lasse ich dich auch in Ruhe.", sagte ich resigniert. Sie zögerte. Der Nieselregen wurde stärker, Wind kam auf, ich zog die Schultern hoch und zitterte. „Schnall dich aber an. Im Auto wird nicht geraucht!". Im wohligen Schutz des Autos wurde ich nervös, ihre routinierten Handgriffe, ihre ruhige und konzentrierte Fahrweise verdeutlichten mir, wie überspannt ich war. Sie schwieg so, als sollte sie etwas sagen, was sie besser nicht sagen wollte. Überlegte sie, wie weit sie mir entgegenkommen wollte? Auf dem schmalen Grat des Schweigens konnte ein unüberlegtes Wort das Gleichgewicht stören. „Es ist nicht meine Absicht, dein Gleichgewicht zu stören.", wagte ich mich hervor. „Hast du aber!", schoss sie gleich zurück. Wir schwiegen wieder. Sie verunsicherte mich, ich hatte keine Verhaltensregel, da bei mir alles im Fluss war. Worauf sollte ich meine Sicherheit gründen, wenn nicht auf meine Überlegungen – die alles andere als sicher und gewiss waren! Wie hilfreich wäre eine soziale Fassade, ein Repertoire an Phrasen und Masken gewesen – aber ich konnte immer nur ich selbst sein. Nein, nicht einmal das! Ich *war* meine blinden Zufalls-Versuche, ich selbst zu sein. Meine Suche nach der Wirklichkeit meines eignen Ichs kam mir wie die Suche nach Gewissheit über die Welt vor. Sie beherrschte mein Alltagsdenken und Handeln: Liebt sie mich *wirklich*? Bin ich *wirklich* das Kind meiner Eltern? Bin ich *wirklich* durch die Prüfung gefallen? Bin ich *wirklich* ein schlechter

Mensch? Willst du mir *wirklich* helfen? Liebe ich sie *wirklich*? Bin ich *wirklich* kein Alkoholiker? Oder *erscheint mir* das alles nur so zu sein? Ich wollte nicht wissen, wie ich mir selbst oder anderen erschien, sondern wie ich war. Ich wollte es nicht nur wissen, sondern sein. „Ich bin *wirklich* kein Alkoholiker. Mein Vater war einer, daher weiß ich das!" – „Sicher? Dann würde ich aber die Finger von dem Zeug lassen!" – „Hast du nie etwas getan, wovon du wusstest, dass es falsch ist? Hast du dich nie dabei ertappt, genau das zu tun, was du an deinen Eltern gehasst hast?"- „Ich bin kein Kind mehr, ich weiß, was mir schadet. Im Moment bist du das!" – „Es ist wie ein Wiederholungszwang. Vielleicht will ich wissen, wie es sich anfühlt, mein eigener Vater zu sein?", sagte ich, ohne zu wissen, was ich *wirklich* sagte. – „Du spinnst!", sagte sie. Wir schwiegen. Ich kam mir in der Rolle des

Beifahrers lächerlich vor. Ich wäre gern gefahren, konnte das aber nicht. Der Regen prasselte gegen die Scheiben, als wollte er sie aufweichen. „Vielleicht habe ich meinen Vater auch gar nicht dafür gehasst, dass der Alkohol ihn und uns zerstört hat.", sagte ich zu meiner Überraschung. „Ach, nicht?" – „Nein, ich habe ihn geliebt." – „Ist das ein Grund, ihm nachzueifern?" – „Ja, um ihm nah zu sein. Die beste Art, jemandem nah zu sein, ist es, so zu werden wir er." – „Das ist sentimental!", sagte sie wütend. Dann, nach einer Pause: „Meine letzte Beziehung war…", begann sie ihr Bekenntnis und brach es gleich wieder ab. „Was?" – „Lass mich in Ruhe!" – „Du brauchst dich nicht für die Fehler anderer zu entschuldigen!" – „Ich wollte Adam helfen, er hat mich betrogen und belogen! Das *war* mein Fehler! Den begehe ich kein weiteres Mal!" – „Hatte deine Mutter Depressionen?" – „Was? Wie

...kommst du darauf? Quatsch! Was soll das? Hör auf mich einzuspinnen, sonst musst du zu Fuß weiter!". Sie fuhr rechts ran. Sie stemmte ihre Arme gegen das Lenkrad und presste ihren Oberkörper gegen den Sitz, während sie mit gesenktem Kopf tief ein- und ausatmete. Die Scheibenwischer wirbelten hektisch quietschend, aber vergeblich gegen die Wassermassen an, die unaufhörlich gegen das Auto klatschten. „Spiel bitte nicht den Psychologen. Ich habe schon einen. Deine Meinung brauche ich also nicht." - „Lass uns an die Ostsee fahren, bitte!" – „Unsere Hunde würden sich gar nicht vertragen, und ohne Josef ...". Sie schaute mir plötzlich entschlossen in die Augen, atmete einmal tief durch und sagte: „Ja, meine Mutter hatte Depressionen. Ja, mein Vater war ein Alkoholiker. Ja, mein letzter Freund war ebenfalls Alkoholiker. Bist du zufrieden? War es das, was du hören wolltest! Ja? Aber meine Eltern führten trotzdem eine glückliche und erfolgreiche Ehe, auch beruflich hatten sie sich im Griff, bis…" – „Bis…?" – „Ich will darüber nicht reden. Mit dir jedenfalls nicht." – „Warum nicht?" - „Es muss dir reichen, dass ich nicht mit jedem darüber reden will!" – „Fahren wir an die Ostsee? Nur ein Wochenendtrip. Ich verspreche dir auch, nichts anzurühren!". Sie schwieg und startete entschlossen ihren blauen Nissan. „Versprich mir bloß nichts!", sagte sie wütend und traurig zugleich.

15.

An den folgenden zwei Tagen sah ich sie nicht, sie schien aus der Stadt verschwunden zu sein. Auch meine Huskys schienen darüber traurig zu sein. Dennoch organisierte ich für das kommende Wochenende eine private Hundeunterkunft für sie.

Nachdem ich sie am Freitagvormittag nach Tegel gebracht und im Voraus gezahlt hatte – es handelte sich um eine merkwürdig kindische Hundeliebhaberin, die ein Zimmer ihrer Wohnung wie einen Agility-Spielplatz für Hunde eingerichtet hatte -, fuhr ich in meine Wohnung. Im Hof krächzte der Ara. Die Hauswirtin reckte mir ihr dickes Hinterteil entgegen. Als ich auf ihrer Höhe war, steckte sie ihre kleine Gartenschaufel in das Beet und stemmte ihre erdverschmierten Hände auf die Knie. „Wo haben sie denn ihre Hunde gelassen, Herr Lorenz?", schnaubte sie. „Ich fahre am Wochenende weg, an die Ostsee!", sagte ich optimistisch. „Aha. Alle Achtung, hätt ich nicht gedacht. Dann war die junge Frau mit dem schwarzen Riesenhund wohl ihre Freundin?" – „Wie …? Wie kommen sie darauf?" – „Mit drei Hunden würden sie keine Pension kriegen!

Hahaha! Das ist aber nett von Ihnen! Denken Sie an die Hausbegehung nächste Woche? Apropos. Falls Sie mit Ihrer Freundin zusammenziehen wollen – mit drei Hunden in der Wohnung gibt es Schwierigkeiten, das kann ich Ihnen versichern!" – „Habe gar nicht die Absicht!" – „Na, das wird Ihre Freundin bestimmt schade finden!", sagte sie. Was wusste die Hauswirtin, was ich nicht wusste? Ich ging in die Wohnung hoch. In mir gluckste etwas wie ein Glücksgefühl. Schon vom Treppenhaus her hörte ich mein Telefon klingeln. Ich konnte gar nicht so schnell denken wie ich plötzlich den Hörer in der Hand hielt. „Ja!" – „Ulli. Ich habe nachgedacht. Hör mir zu!" – „Tu ich!" – „Ich…will mich nicht in dich verlieben. Ich glaube dir auch nicht. Du hast dein Leben nicht im Griff. Dennoch gebe ich dir eine Chance. Ich will dich nicht vorverurteilen. Ich fand das Gespräch mit dir schön. Lass uns einfach so tun als ob wir nur Bekannte wären, die zusammen in den Urlaub fahren. Kein Alkohol, kein Sex, deine Hunde kommen auch nicht mit. Ich habe eine Adresse, wo du sie unterbringen kannst..." – „Wo warst du eigentlich die ganze Zeit, Ulli?" – „Das geht dich nichts an! Hör mal, und diese blöde Tour spar' dir lieber auch. Ich muss dir nichts erklären. Ich kenne einen Campingplatz in Ahrenshoop, da können wir übernachten. Hast du einen Schlafsack?" – „Ich habe sogar ein Zelt, einen Campingkocher...Die Hunde habe ich übrigens schon untergebracht!" – „Aha, du scheinst dir deiner Sache ja sehr sicher zu sein! Aber mach dir keine Hoffnungen, ich habe andere Pläne. Dein Zelt brauchen wir nicht. Ich hole dich Morgen um acht ab. Tschüss!". Sie legte einfach auf. Ich war mir sehr sicher, dass sie einwilligen würde, obwohl ich nicht ahnte, was sie umgestimmt hatte. Dennoch hatte ich Angst.

16.

Ulli war, so schien es mir, durch die Beziehung zu einem Alkoholiker, der den Namen unseres Stammvaters trug, immer noch durcheinander oder vielmehr sehr geordnet. Denn ihre Gefühle mir gegenüber kollidierten offensichtlich mit ihren Erfahrungen, deren Wiederholung sie nicht wünschte. Ihre Ordnung wurde nicht durch meine Unordnung bedroht, sondern durch ihre Wünsche. Und diese Wünsche wird sie als Kind schon gehabt haben, als sie bemerkte, dass ihr Vater trank und ihre Mutter unter Depressionen litt, bis...Ja, bis was? Ihre Ehrlichkeit verblüffte mich. Sie war einerseits so abweisend zu mir, andererseits gewährte sie mir einen Zugang zu sich, der direkt –

über unterirdische Maulwurfsgänge – mit mir verbunden war. Warum tat sie das?

17.

Die Reise nach Ahrenshoop begann sehr bedrückend, weil ich mir nochmals Kaugummis besorgen wollte, Ulli aber dachte, ich wollte meine Alkoholfahne tarnen. Da gab es gar nichts zu verbergen. Ich schwieg dazu. Die Tat sei das einzig kenntliche Fühlen, hatte ich bei einem alten Griechen gelesen. Nicht die vielen Worte, mit denen wir uns selbst von unseren Irrtümern überzeugen wollen. Während der vierstündigen Autofahrt durch ein fast entvölkertes Brandenburg und Mecklenburg hörten wir Bachs Brandenburgische Konzerte rauf und runter und sprachen wenig. Die neuen Bundesländer verharrten immer noch - inmitten einer blühenden, sich erneuernden Natur, die alle Schrecken der Geschichte trotzig zu überspielen schien - in Schockstarre. Das schwarze Riesenbaby hechelte mir auf seiner karierten Decke seinen stinkenden Hundeatem in den Nacken. Zwischendurch hielten wir auf einem Parkplatz, damit Josef und ich pinkeln konnten. Als wir auf dem Fischland ankamen, rumorte mein Magen. Die unbefestigten Straßen, die alten Laternen, baufälligen Katen, zeugten scheinbar von einer vergessenen Idylle. Wir fuhren ein Stück entlang der Küste, bis wir endlich in Ahrenshoop hielten. Es war ein sonniger, blauer Tag, durch die milde Meeresluft segelten große weiße Ostsee-Möwen und krächzten wie der Ara meiner Hauswirtin. Doch hier passte es. Weiße oder blaue Katen mit moosbedeckten Reed-Dächern, die bis zur hellsandigen Erde reichten, die Fensterrahmen und Türen grün, rot oder blau bemalt, standen selbst noch in der hohen Dünung. Zuoberst der Sandhügel krümmten sich sturmgebeugte Windflüchter. Ein kleines Fisch-Lokal hatte geöffnet. Wir hatten die Wahl zwischen Soljanka oder Fischbrötchen. Der Hering war zwar aus dem Glas, der Kaffee war bitter und abgestanden, die Bedienung abweisend, denn sie wollte sich ihr langweiliges Leben durch uns nicht stören lassen. Dennoch war alles so, wie ich es mir wünschte. Josef soff und fraß gierig aus mitgebrachten Näpfen Wasser und Trocken-Futter und schien sich ebenfalls zu freuen. Er schaute zwischen den Happen mit tropfender Schnauze immer wieder zu uns und schwenkte dabei zur Feier des Tages seine Fahne. Ulli wirkte angespannt und wollte nicht in eine der blauen Kunst-Katen, sie wollte sich keine Postkarten und keine Bücher und Kataloge anschauen, deren Preise vom vergangenen Ruhm der Künstlerkolonie zeugten. Sie wollte zum Campingplatz, das Zelt aufbauen, am Meer spazieren gehen.

18.

In der ersten Nacht wurden wir so komplett eingeregnet, dass unser Zelt fast davonschwamm. Ich schien auf alles vorbereitet zu sein, konnte gar nicht anders als mich als einen idealen Partner zu zeigen, der ich natürlich nicht wirklich war, aber durchaus sein konnte. Die Möglichkeit dazu war in mir vorhanden. Das war ja mein Beweisziel. Sie war beeindruckt von meiner Gelassenheit und Pragmatik, sie kannte mich eben nicht. Wie als hätten wir nie etwas anderes getan, zogen wir planvoll und besonnen den Rückzug ins Auto an. Ich war hellwach und machte Scherze: „Lieber in der ersten Nacht ersaufen als in einer glücklosen

Ehe saufen!". Oder: „Übersteht Robert die erste Nacht im Zelt, die Ehe für den Rest der Zeiten hält!" Ulli fand das nicht komisch. Es war auch nicht komisch, es war abscheulich. Die erste Prüfung schien ich dennoch bestanden zu haben. Was hatte sie nur an mir gefunden? Nachdem wir bei strömendem Regen alle Sachen ordentlich im Auto verstaut hatten, wälzten wir uns – durchnässt wie wir waren - bis zum Morgen in den Sitzen hin und her und suchten uns anschließend eine Pension, in der wir noch bis zu jenem unglücklichen Sonntag blieben. Nachdem wir uns schamhaft in verschiedene Winkel des Pensionszimmers verteilt hatten, zu dem auch eine Gemeinschaftsküche und die Toiletten mit Duschkabinen gehörten, um uns trockene Sachen anzuziehen, kochte Ulli uns in der Küche einen Kaffee auf einer billigen, altmodischen und von Gebrauchsrändern verzierten

Kaffeemaschine, während ich am Radio herumspielte.

19.

Ein hübsches altes Häuschen mit gemütlicher Küche, alles sehr schlicht, aber mit dem Nötigsten eingerichtet. Das Ehebett bestand glücklicherweise aus zwei trennbaren Gestellen, die wir an die einander gegenüberliegenden Wände schoben. Holztisch, zwei Korbstühle, ein einfacher Schrank, zwei Nachtschränke mit Lampe: Alles hatte den Charme der DDR nach – ihrem Ende. Glücklicherweise empfingen wir hier das Klassik-Radio, denn die lokalen Sender wirkten so deprimierend wie Animierdamen auf mich. Sie war erstaunt über meine mimetischen Musikkenntnisse, denn ich kannte die Sonaten und Symphonien ,unserer Klassiker' vom Hören ziemlich gut, pfiff sie tongenau mit, obwohl ich sonst nur anekdotisches Wissen darüber hatte. Völlig vertrottelt musste ich ihr aber erscheinen, als ich auf den sonnenhellen Dünen stand und strahlte, mich glücklich fühlte und meinte, die schöne Natur in einem ihrer geglückten Momente hymnisch besingen zu müssen: „Da, diese Kreise im Sand vom windgebeugten Strandhafer – wie mit dem Lineal gezogen!" - „Lineal?" – „Habe ich Lineal gesagt?" – „Hast du!" – „Dann meinte ich wohl eher Zirkel!". Solche Schnitzer sind zwar unvermeidlich, aber ich vergesse sie nie. Mag sonst auch kommen, was will. Warum eigentlich nicht? Wenn ich im Moment des Überschwanges Elementarkenntnisse vergesse, dann stellt das meinen geistigen Zustand, der eine solche Euphorie zulässt, in Frage. Ja, alles Glück wird fraglich, wenn es mit Debilität einhergeht. Mit dem Unglück ist es anders. Es ist umso gewisser, je fassungsloser es mich zurücklässt. Wir warfen stundenlang Stöckchen für Josef. Sie sausten über den Strand, in die herannahenden Wellen, in die sich der glückliche Hund übermütig bellend stürzte. Dann zogen dunkle Gewitterwolken überm Meer auf und wir gingen schweigend in die Pension zurück.

20.

In der zweiten Nacht betrat ich versehentlich das kleine, enge Bad, als sie unter der Dusche stand. Es war schwül wie in einem Dampfbad. Ich war ehrlich überrascht, vermutete sie in der ebenso kleinen, engen Küche. Ich war völlig in meine Lektüre von Goethes ,Wahlverwandtschaften' vertieft, als der Harndrang sich meldete. Das Radio musizierte die ganze Zeit über. Ich murmelte eine Entschuldigung und wollte gerade, mit voller

Blase, hinausgehen, um mich in den Dünen zu erleichtern, da sagte sie: „Bleib!". Ich stockte. „Was?". –„Bleib. Komm zu mir!". Träumte ich? Wenn ich an etwas *nicht* gedacht hatte, dann war es eine gemeinsame Dusche mit Ulli. Ich glaubte, keinerlei sexuelle Interessen an ihr zu haben, bis zu diesem Zeitpunkt. Die Situation selbst diktierte mir meine Interessen. Plötzlich stand ich nackt im heißen Regen und saugte an ihrem linken Ohrläppchen, während meine Hände fassungslos ihren glänzenden, perlenden Körper befühlten. Schamlos krochen sie über ihre erigierten Brüste und in das weiche, feuchte Nest ihres Unterleibes. Und sie ließ sich all das gefallen, als hätte sie nie etwas anderes erwartet. Ich sank auf die Knie, meine Lippen suchten ihre Lippen und hielten heimlich Zwiesprache. Sie zog mich hoch, nah an ihr Gesicht, küsste mich auf den geschlossenen

Mund, nahm meinen Penis in ihre nasse Hand und drückte ihn an ihre Vulva, bis er den Weg alleine fand. Sie drängte mit ihrer Zunge, bis ich meinen Mund öffnete. Sie begrüßte ihren Zwilling mit schlängelnden Umarmungen. Wie ein Blitz entlud ich mich in ihren bebenden Körper. Schlagartig meldete sich der Harndrang wieder und ich erwachte aus meinem Rausch. Sah, was geschehen war. Sie hatte die Augen geschlossen, murmelte etwas, was ich nicht verstand. Sie weinte – trotz der heißen Schauer, die auf uns beide niedergingen, war es unverkennbar - mit geschlossenen Augen. Ich versenkte, um nicht ertappt zu werden, mein Gesicht in ihre nassen Haare und streichelte sie wie eine Schwester. Ich empfand keinerlei Erregung mehr, die Situation hatte nicht einmal mehr etwas Erotisches an sich. Wir waren jäh nackt. Sie stemmte mich von sich weg, ich begriff, dass ich gehen sollte. Ich war erleichtert, schob den Vorhang wieder zu und versuchte möglichst geräuschlos zu pinkeln.

21.

Nachdem ich mich angezogen hatte, ging ich wieder an meine Lektüre ins Zimmer. Ich setzte mich auf den Korbstuhl am Fenster und rauchte. Als sie mit einem Turban auf dem Kopf aus dem Badezimmer kam, war sie schon vollständig angekleidet. Sie lächelte mich traurig an. Ich blickte von meinem Buch auf und erwiderte ihren Blick mit einer stummen Frage. „Du hast viel Macht über mich!", sagte sie unvermittelt. Dieser Satz verstörte mich einigermaßen. Wahrscheinlich beruhte das auf Gegenseitigkeit, sonst säßen wir ja nicht hier, dachte ich. Ich schwieg aber, da ich nicht wusste, was man in einem solchen Fall erwidern sollte. Ich wollte sie ja nur von meiner Glaubwürdigkeit überzeugen, nicht von mir. Ich wollte nicht der Erfüllungsgehilfe ihrer Wünsche werden, sondern war auf der Suche nach meinen eignen Zielen. Wollte ich etwas von ihr? Ja, sie sollte mir glauben. Ihr Bild von mir widersprach meinem Selbstbild. Also musste ich ihr Bild korrigieren. Es wäre aber besser gewesen, ich hätte mein Selbstbild korrigiert. Wir schwiegen und sahen in den verregneten Abendhimmel. „Ich hatte einen älteren Bruder.", sagte sie und steckte sich eine von meinen Zigaretten an. „Du hattest?", fragte ich zögernd. Mir wurde allmählich bewusst, dass der gemeinsame Akt ihre Bedingung dafür war, dass sie ihr Bekenntnis fortsetzen konnte, das sie selbst so barsch unterbrochen hatte. Das war vermutlich ihre Art, herauszufinden, ob sie mir vertrauen konnte. „Er war es, der unseren Vater auf dem

Dachstuhl fand." Der Raum um mich her schrumpfte und wollte mich zusammenpressen. Ich schwieg. Sie rauchte, erzählte dann weiter. „Mutters Depressionen waren im Laufe der Jahre immer schlimmer geworden. Sie nahm zwar Tabletten gegen die Depressionen. Aber sie war nicht mehr so fröhlich wie früher, bevor sie uns bekam. Das erschloss ich aus vielen ihrer Bemerkungen. Sie hatten wahrscheinlich seit unserer Geburt keinen Sex mehr miteinander gehabt. Mein Vater verzweifelte daran, ihr nicht helfen zu können. Deshalb trank er vermutlich. Vielleicht trank er auch schon früher, bevor wir geboren wurden, und sie bekam deshalb die Depressionen. Ich weiß es nicht. Er fühlte sich für das Geschäft – wir hatten eine Bäckerei, einen Familienbetrieb, Martin sollte ihn später mal übernehmen – allein verantwortlich, wollte sie entlasten. Aber das hat wahrscheinlich alles noch schlimmer gemacht. Sie hatten sich beide in ihrer Hilflosigkeit eingerichtet. Wenn sie versucht hatte, auszubrechen, nahm das immer gleich verrückte Züge an. Sie machte zu viele Fehler. Unser Vater wollte sie das nicht spüren lassen, aber es war unvermeidlich. Wenn sie Auftrieb hatte, warf sie ihm seine Trinkerei vor. Dann warf er ihr ihre Fehler vor. Wenn er sich dann wieder vornahm, weniger zu trinken, stritten sie sich ebenfalls. Sie fühlte sich ihm gegenüber schwach, weil sie sich nicht vornehmen konnte, weniger Depressionen zu haben. Also trank er wieder. Sie versank in Trübsal. Das Geschäft begann schlechter zu gehen, nicht weil er nachließ, sondern weil der Markt allmählich von Großbäckereien übernommen wurde. Doch mein Vater fühlte sich, wie gesagt, für alles verantwortlich, auch für den Niedergang des

Geschäftes. Er arbeitete doppelt so viel wie früher. Meine Mutter vegetierte zuhause nur vor sich hin. Wenn wir aus der Schule kamen, waren wir immer ganz leise. Wir glaubten, sie brauchte den Schlaf. Wenn wir sie versehentlich weckten, weinte sie immer. Irgendwann ging es dann für meinen Vater nicht mehr. Er glaubte fest an den Erfolg. Als alles den Bach runter ging, erhängte er sich in unserem Haus unter dem Dach. Martin hatte ihn gefunden. Er hat ihn heruntergenommen. Er hatte so fest daran geglaubt, dass wir das alles schon schaffen würden. Du glaubst gar nicht, was mir sein Glaube für eine Kraft gegeben hat! Wir waren beide Musterschüler. Meine Eltern waren immer bestrebt, nach außen das Bild einer idealen Familie abzugeben. Martin machte eine Veränderung durch. Es war kurz nach seinem Einser-Abitur. Ich war in der elften Klasse und brach völlig zusammen, als Martin weggehen wollte, allein. Ich liebte ihn mehr als alles auf der Welt. Mutter bekniete ihn, den Betrieb zu übernehmen. „Er hat ihm alles bedeutet! Das kannst du nicht tun! Denk an deinen Vater!", flehte sie ihn an. „Ich denke an meinen Vater!", sagte er nur. Während Ulli erzählte, war es schon dunkel geworden. Der Wind presste gegen die Scheiben. Ich machte kein Licht. Dann und wann flackerten unsere Feuerzeuge auf. Ich sah, dass Josef seine Schnauze in ihren Schoß gelegt hatte. Während Ulli erzählte, kraulte sie ihn, die ganze Zeit über. „Irgendwie schaffte er es, den Betrieb zu verkaufen. Unser Rechtsanwalt war ein Freund der Familie. Er organisierte alles, sogar die Trauerfeier. Danach kam meine Mutter in ein Sanatorium. Martin zog mit mir in eine WG nach Berlin. Er studierte Philosophie und Germanistik. Tat endlich, was er immer tun wollte. „Handwerk hat goldenen Boden!". Mit dieser hohlen Phrase begründete mein Vater immer seine Ablehnung, wenn er sich mit Martin über dessen Zukunftspläne stritt. Als ich kurz nach meinem neunzehnten Geburtstag endlich nach einem Wiederholungsjahr mein Abi in der Tasche hatte, stürzte er sich von einer S-Bahnbrücke auf die Geleise. Er sei sofort tot gewesen, sagte man mir.". Sie schwieg jetzt lange Zeit. Ich war wie erschlagen. Alles wäre mir jetzt unangemessen erschienen, jedes Wort, jede Geste. Ich selbst kam mir unangemessen vor.

22.

Offenbar war einzig Josef in der Lage, sie zu verstehen. „Seitdem hast du Josef?", fragte ich mit belegter Stimme. „Nein. Ich vegetierte wochenlang allein in unserer leeren Wohnung herum, völlig unfähig, irgendetwas zu tun. Alles schien leer und sinnlos. Wären Martins Freunde nicht gewesen, ich wäre verhungert. Ich hatte niemanden mehr. Alle waren tot, bis auf meine Mutter. Ja, und meine Oma. Aber…Ich konnte es ihnen ja nicht sagen!". Ich konnte nicht erkennen, ob Ulli weinte. Ihre Stimme zitterte. „Das tut mir alles schrecklich leid!", konnte ich nur sagen. „Mir auch!". Dann schwiegen wir wieder. Lange Zeit. „Was geschah danach?", wollte ich wissen. „Ich kam in eine Klinik. Ein Jahr lang wurde ich therapiert. Ich sollte lernen, mein eigenes Leben in die Hände zu nehmen. Keiner hatte mir ausgeredet, dass ich einen guten Grund gehabt hätte, mit allem Schluss zu machen. Das war gut. Sie haben mein Leiden anerkannt. Ich hatte Zeit nachzudenken. Zeit, zu trauern. Aber sie haben mir auch immer wieder erklärt, dass mein Leben weitergehen könne. Wenn ich es wollte. Ich trüge keine Schuld. Das wollte ich erst nicht glauben. Warum hatte ich nicht die Kraft, meinen Vater zu retten, Martin, meine Mutter? War ich nicht schuld an ihrem Tod? An Mutters Depressionen? Ich trüge keine Schuld. Darüber sollte ich nachdenken. Ob ich, ich ganz allein für mich die Verantwortung übernehmen wolle. Nicht für meine Eltern, nicht für meinen Bruder. Sondern für mich, für mich allein.", sagte sie mit tonloser Stimme. Josef winselte leise. „Aber das hatte ich nie gelernt! Ich glaubte immer, dass einer für den anderen da sei, Verantwortung trüge. Erst die Familie, dann der gemeinsame Erfolg, dann kam eine Weile nichts. Ganz zum Schluss – ich." – „Deshalb Josef?" – „Ja, ich brauchte ein Wesen, für das ich da sein konnte. Erst dann konnte ich wieder anfangen, selbstständig zu leben. Erst in einer WG. Dann im Schwesternwohnheim. Wegen Josef machte man eine Ausnahme. Dann in deiner –

Nachbarschaft." - „Und Adam?" - „Ich glaubte, schon so weit zu sein." – „Es war der Wiederholungszwang?" – „Ja. Ich will so etwas nicht noch mal erleben, verstehst du?" – „Ja! Das verstehe ich sehr gut." - „Das darf sich nicht wiederholen! Niemals!". Josef winselte, ob aus Mitgefühl oder weil er nochmals raus musste, wusste ich nicht. Ich meinte aber, dass frische Luft ihr gut tun würde und machte ihr diesen verhängnisvollen Vorschlag, nachts bei Sturm am Strand spazieren zu gehen. Sie war sehr froh darüber, dass ich angesichts ihrer Geschichte in der Lage war, wenig Worte zu machen und das Naheliegende, Praktische zu sehen. Wie froh sie war! Hätte sie mir doch nicht vertraut.

23.

Josef flitzte voraus in die Nacht, die uns stürmisch in Empfang nahm. Noch sahen wir einen schwarzen Wirbel im Regen über den Strand springen, wenn kurz der Mond hinter schwarzblauen Wolken hervorleuchtete. Sein freudiges Kläffen übertönte noch die Brandung. Er schien eine Halluzination gehabt zu haben. Ich sah ihn gerade wie besessen auf die Wellen losrennen, rief so laut ich konnte seinen Namen. Dann war alles finster. Wir hörten nur noch die Brandung tosen. Dann erhellte das Mondlicht überdeutlich, wie Josef in den Wellen verschwand und nicht wieder auftauchte. Ulli rannte los, sie rannte auf den Unglücksort zu, sie rannte in die Wellen hinein und wieder ans Ufer, schrie wie verrückt nach Josef. Ich riss mir Schuhe, Hose und Jacke vom Körper, überholte sie und sprang in die erste Welle, die auf mich zugerast kam, tauchte unter ihr durch, tauchte kurz auf und rief prustend Josefs Namen, schaute mich um, die Strömung erfasste mich und zog mich fort, als ich plötzlich hochgerissen und sofort wieder unter einem Berg aus Salzwasser begraben wurde. Ich tauchte unter der Welle durch, wendete und strebte gegen die Strömung, die mich hinausziehen wollte, zum Strand zurück. Mit Gewalt wurde ich plötzlich gegen den steinigen Strand geworfen und krabbelte so schnell ich konnte auf allen Vieren an Land. Ich fühlte meinen Körper nicht mehr, meine Beine schmerzten, als wären sie unter einen Gletscher geraten. Josef war offenkundig ertrunken. Ich klammerte mich an die erstarrte Ulli, die wie eine Säule im Wind stand und schwieg. Dann brach er aus ihr heraus, ihr ganzer Schmerz und schrie, bis sie zusammenbrach.

24.

Geweckt von dem Schrei kamen Menschen mit Taschenlampen. Sie riefen. Sie dachten erst, dass ein Freund von uns in den Fluten ertrunken sei. Sie brachten uns zu einem von ihnen, man wickelte uns in warme Decken, flößte uns heißen Grog ein. Mein Körper schmerzte von der wieder einsetzenden Zirkulation und den Wunden an Händen und Beinen. Als sie von mir erfuhren, dass ein Hund ertrunken sei, schauten sie sich mit bedeutungsvollen Blicken an, schwiegen aber. Ulli hatte sich beruhigt. Sie saß apathisch, schweigend auf dem Sofa und starrte durch den Fernseher hindurch, in dem gerade ein *Tatort* lief. „War das ihr Hund?", fragte einer der Männer, offenkundig ein Fischer, mit Blick zu Ulli. „Ja. Aber er war mehr als ein Hund für sie. Er war ihre Familie.", sagte ich angestrengt. Alle nickten ernst. Eine Frau rief in unserer Pension an, sie wussten natürlich, wo wir wohnten. „Meinen Sie, sie schafft das wieder?". Der Fischer stand mit meinen Sachen unterm Arm vor mir und nickte zu Ulli hin. „Natürlich! Danke! Vielen Dank!", sagte ich und stand auf. „Nein, nein! Ziehen Sie sich erst in Ruhe an!", sagte die Frau, die telefoniert hatte. Ich versuchte es und kam mir dabei wie ein Kleinkind vor. Fast hätte ich zu heulen angefangen. „Ihre Freundin sollte zu einem Arzt, am besten gleich morgen!", sagte die freundliche Alte und schaute Ulli besorgt an, die immer noch mit abwesendem Blick vor dem Fernseher saß. „Sie sollten sich gleich warme Sachen anziehen!". Als ich fertig war, wankte ich zu Ulli und legte meine Hand auf ihre Schulter. Sie zitterte leise. Ich fühlte mich so grenzenlos schuldig an Josefs tot, dass ich befürchtete, sie würde gleich losschreien, als ich sie berührte. Doch sie schrie nicht. Sie lehnte nach einer Weile ihren nassen Kopf an meine Schultern und schluchzte. „Ich will nach Hause.", wimmerte sie. „Ich bring dich in die Pension zurück." – „Ich will nachhause!". Alle Umstehenden sahen sie betroffen an und schwiegen bedrückt. „Woher kommen Sie?", fragte der Fischer, der die Antwort aber schon ahnte. „Aus Berlin.", sagte ich. „Mein Bruder fährt morgen nach Berlin, für den Fisch-Markt. Er könnte Sie mitnehmen. Er fährt aber schon in ein paar Stunden los.", sagte der Fischer zögernd. – „Ich helfe Ihnen packen!", bot sich die Alte gleich an. „Ulli hat aber ihr Auto hier!", sagte ich und sah dabei zu Ulli. „Mhh", machte der Fischer. „Hans, du könntest doch vielleicht?" – „Ich weiß nicht, die Stellnetze!" – „Die See ist doch viel zu stürmisch. Dieter kann dich auf dem Fischmarkt bestimmt gebrauchen!" – „Gut", sagte Hans gedehnt. Er überlegte kurz und wandte sich an Ulli: „Sind Sie einverstanden, dass ich sie in Ihrem Auto nach Berlin bringe?". Ulli zögerte erst, nickte dann stumm. Ich bedankte mich nochmals, ohne Blick für die Helfer. Wir gingen hinüber in die Pension, die nicht weit entfernt lag, die Alte und ihr Mann begleiteten uns, sie stützte Ulli und redete auf sie ein: „Es wird alles gut, sehen Sie, es wird alles wieder, glauben Sie mir. Das Meer ist manchmal tückisch. Vor Jahren ist hier ein Kind ertrunken. Ich dachte, ich schaff das nie, ich dachte, ich muss fort von hier. Aber ich bin immer noch hier. Wissen Sie, manchmal träume ich, es kommt wieder!" Hans lief nebenher und schwieg. – „Danke!", sagte Ulli und streichelte die Hand der Alten. In der Pension half ihr die Frau beim Umkleiden, während ich unsere wenigen Sachen packte, die Rechnung beglich und Hans Ullis Autoschlüssel gab. Wir lagen noch drei Stunden wach, dann klingelte der Wecker. Der Sturm hatte sich noch nicht gelegt.

25.

Als wir früh gegen acht Ullis Wohnung betraten, sprang uns die Abwesenheit Josefs an. Ulli stand verloren im Wohnzimmer, in dem noch der Korb mit Josefs Decke stand und Spielknochen, Bälle, dicke bunte Knoten herumlagen. In der Küche die leeren, blankpolierten Näpfe. Ich wollte gleich einen blauen Müllsack aus der Küche holen und alles so schnell wie möglich entsorgen. „Bitte, nein!", flehte sie mich an. „Ich weiß, Robert, dich trifft keine Schuld. Aber bitte, ich bitte dich, lass mich jetzt allein, komm nicht mehr wieder. Es war nicht gut, was geschehen ist. Ich komme damit aber schon allein zurecht. Bitte geh, bitte!" – „Aber was willst du tun?" – „Was ich jetzt tun will? Ich werde traurig sein, meine Oma anrufen, und der Fischersfrau glauben, dass alles gut wird, bestimmt!". Ich ging nach Hause, das mich ebenso leer und trostlos angähnte wie die matt-müde Sonne, die ihre tägliche Runde drehte. Doch ich würde meine Hunde jetzt abholen, dachte ich, mir eine neue Flasche Whiskey kaufen, dann den Ofen anschmeißen und die ,Wahlverwandtschaften' weiterlesen. Ich spürte, ich wusste, dass für Ulli eine Grenze überschritten war, hinter die sie nie zurückkehren würde. Sie hatte ihre heimatliche Erde verlassen und würde zu ihrer Großmutter ins Pariser Exil fliehen, in das Exil ihrer Kindheits-Träume. Ich saß in meiner vermüllten, verdreckten Wohnung, las und trank, und mied die schmerzenden Berührungen mit der Wirklichkeit. Bis der weiße Ara mich aus meinen Fluchtträumen weckte und meine übergewichtige Hauswirtin mit

Herrn Dr. Müller sich vor meiner Tür lauthals unterhielt und es schließlich klingelte.

26.

Durchschwitzt und erleichtert stand ich vor dem Neubau, in dem Ulli wohnte. Ich rauchte eine Selbstgedrehte und - eingebettet in den noch unfertigen Plan eines neuen Lebens - blickte ich traurig auf die letzten Wochen zurück. Das einzige, was eine Wiederholung dieser Misere verhindern konnte, war der Beginn von etwas Neuem in meinem Leben. Ich würde endlich die Verantwortung für mich selbst übernehmen. Zuerst müsste ich mich natürlich um eine eigene Wohnung und einen Mietvertrag kümmern, dann würde ich mein Abitur nachholen, studieren, einen Beruf erlernen, der zu mir passte, eine Frau finden, zu der ich passte, eine Familie gründen. Als dieser

Gedanke wie eine Magnolie in mir blühte, musste ich an den weißen Paradiesvogel aus dem Hinterhof denken. Ich wandte mich zur Eingangstür des Neubaus, wollte bei Ulli klingeln, meine Hoffnung mit ihr teilen. Ich klingelte, klingelte wieder, klingelte Sturm. Dann sah ich, dass ihr Namensschild leer war.

27.

Ich zog an den Stadtrand. Hinter dem ehemaligen Grenzstreifen, dem Todesstreifen, der Deutschland vierzig Jahre lang von sich selbst trennte, begannen die Brandenburgischen Kiefernwälder. Sie waren in einem schlechten Zustand, aber ich war mir sicher, dass sie sich erholen würden. Stundenlang streifte ich mit meinen Huskys durch die Natur, arbeitete mit Lust an meinem Abitur. Das Jahr verging, ohne dass ich Ulli den Brief geschickt hätte. Ich wollte die

Vergangenheit abschütteln wie einen Haufen lästiger Flöhe. Zwar trank ich noch hin und wieder, aber ich hatte auch mit dem Laufen begonnen. Im Spätsommer rannte ich bei sengender Hitze über die Stoppelfelder. Im Winter lief ich über die verschneite Brache. Meine Hunde jagten durch den Schnee, der zu Dünen aufgeweht war. Einmal nachts, als ich vor Ungeduld auf mein neues Leben nicht schlafen konnte, rannte ich in den blauen Schnee hinaus. Der volle Mond leuchtete geradezu grell in der schwarzen Nacht. Vielleicht war es nicht einmal so spät, denn ich sah vor mir eine Gestalt hergehen. Erst war sie wie ein Schatten, der über den schneeverwehten Feldweg schwankte. Als ich näher kam, hüpfte ein kleiner schwarzer Fleck um sie herum. Bald erkannte ich sie. Ohne Zweifel. Ich holte Ulli bald auf. Josef wirkte verändert, viel sicherer, viel wilder als der Josef, der in der Ostsee ertrunken war. Über uns kreiste lautlos eine Eule. Dann verschluckte mich die Nacht. Als ich Wochen später wieder einmal U-Bahn fahren musste, weil ich nicht so lange auf den Bus warten wollte, passierte es. Wir gingen gemeinsam, auf gleicher Höhe, die Treppe hinunter, und weil wir uns schon kannten, stellte sich ein Gefühl der Zugehörigkeit bei mir ein, das nicht mehr nur mein Gefühl war. Sie lud mich zum Kaffee ein.

.

Zeitfracht Medien GmbH
Ferdinand-Jühlke-Straße 7
99095 Erfurt, Deutschland
produktsicherheit@kolibri360.de